Tacet Books

Mário de Andrade

---

10 Melhores Crônicas

Editado por
August Nemo

EDITOR August Nemo

CAPA E PROJETO GRÁFICO Mayra Falcini

NEGÓCIOS E MARKETING Horacio Corral

Dados Internacionais de Catalogação na Publicação (CIP)

Andrade, Mário de.
A553 10 Melhores Crônicas / Mário de Andrade – São Paulo, SP: Tacet Books, 2023.
66 p. : 14 x 21 cm

ISBN 978-65-89575-52-8

1. Literatura brasileira. 2. Crônicas. 3. Contos.

CDD 869.4

Tacet Books

Feito em silêncio

Para mentes barulhentas

www.tacetbooks.com

tacet.books@gmail.com

Sumário

Introdução

Biografia

São Paulo o viu primeiro.
Foi em 93.
Nasceu, acompanhado daquela
estragosa sensibilidade que
deprime os seres e prejudica
as existências, medroso e humilde.
E, para a publicação destes
poemas, sentiu-se mais medro-
so e mais humilde, que ao nascer.[1]

Mário de Andrade foi um dos maiores escritores e pensadores brasileiros do século XX. Nascido em São Paulo, em 9 de outubro de 1893, Andrade foi um escritor, poeta, crítico literário, musicólogo, folclorista e professor. Sua produção intelectual é considerada uma das mais importantes da literatura

---

1 Publicado originalmente em 1917, no livro "Há uma Gota de Sangue em Cada Poema".

brasileira, e ele é frequentemente citado como um dos principais nomes do modernismo no país.

Andrade estudou música e piano, e foi professor de história da arte em São Paulo. Em 1922, foi um dos organizadores da Semana de Arte Moderna, um evento que marcou a entrada do Brasil no movimento modernista. A partir daí, ele se tornou um dos principais representantes desse movimento, que buscava renovar a cultura e a arte brasileiras.

Como escritor, Andrade escreveu diversos livros, incluindo o romance "Macunaíma" (1928), que é considerado uma das obras-primas da literatura brasileira. Além disso, ele produziu diversos ensaios, críticas literárias e crônicas, que demonstram sua habilidade em refletir sobre a cultura e a sociedade brasileiras.

Andrade também foi um defensor da cultura popular e do folclore brasileiro. Em suas obras, ele explorou as tradições, lendas e mitos do país, e destacou a importância de preservar essa cultura como forma de entender a identidade e a história do Brasil.

Mário de Andrade faleceu em São Paulo, em 25 de fevereiro de 1945, deixando um legado literário e intelectual importante para a história do Brasil.

Este livro, "10 melhores crônicas de Mário de Andrade", apresenta uma seleção das crônicas mais importantes e representativas da obra de Andrade, oferecendo ao leitor uma visão única do mundo e das ideias deste grande escritor brasileiro.

Será o Benedito!

A primeira vez que me encontrei com Benedito, foi no dia mesmo da minha chegada na Fazenda Larga, que tirava o nome das suas enormes pastagens. O negrinho era quase só pernas, nos seus treze anos de carreiras livres pelo campo, e enquanto eu conversava com os campeiros, ficara ali, de lado, imóvel, me olhando com admiração. Achando graça nele, de repente o encarei fixamente, voltando-me para o lado em que ele se guardava do excesso de minha presença. Isso, Benedito estremeceu, ainda quis me olhar, mas não pôde aguentar a comoção. Mistura de malícia e de entusiasmo no olhar, ainda levou a mão à boca, na esperança talvez de esconder as palavras que lhe escapavam sem querer:

— O hôme da cidade, chi!...

Deu uma risada quase histérica, estalada insopitavelmente dos seus sonhos insatisfeitos, desatou a correr pelo caminho, macaco-aranha, num mexe-mexe aflito de pernas, seis, oito pernas, nem sei quantas, até desaparecer por detrás das mangueiras grossas do pomar.

Nos primeiros dias Benedito fugiu de mim. Só lá pelas horas da tarde, quando eu me deixava ficar na varanda da casa-grande, gozando essa tristeza sem motivo das nossas tardes paulistas, o negrinho trepava na cerca do mangueirão que defrontava o terraço, uns trinta passos além, e ficava, só pernas, me olhando sempre, decorando os meus gestos, às vezes sorrindo para mim. Uma feita, em que eu me esforçava por prender a rédea do meu cavalo numa das argolas do mangueirão com o laço tradicional, o negrinho saiu não sei de onde, me olhou nas minhas ignorâncias de praceano, e não se conteve:

— Mas será o Benedito! Não é assim, moço!

Pegou na rédea e deu o laço com uma presteza serelepe. Depois me olhou irônico e superior. Pedi para ele me ensinar o laço, fabriquei um desajeitamento muito grande, e assim principiou uma camaradagem que durou meu mês de férias.

Pouco aprendi com o Benedito, embora ele fosse muito sabido das coisas rurais. O que guardei mais dele foi essa curiosa exclamação, "Será o Benedito!", com que ele arrematava todas as suas surpresas diante do que eu lhe contava da cidade. Porque o negrinho não me deixava aprender com ele, ele é que aprendia comigo todas as coisas da cidade, a cidade que era a única obsessão da sua vida. Tamanho entusiasmo, tamanho ardor ele punha em devorar meus contos, que às vezes eu me surpreendia exagerando um bocado, para não dizer que mentindo. Então eu me envergonhava de mim, voltava às mais perfeitas realidades, e metia a boca na cidade, mostrava o quanto ela era ruim e devorava os homens. "Qual, Benedito, a cidade não presta, não. E depois tem a tuberculose que..."

— O que é isso?...

— É uma doença, Benedito, uma doença horrível, que vai comendo o peito da gente por dentro, a gente não pode mais respirar e morre em três tempos.

— Será o Benedito...

E ele recuava um pouco, talvez imaginando que eu fosse a própria tuberculose que o ia matar. Mas logo se esquecia da tuberculose, só alguns minutos de mutismo e melancolia, e voltava a perguntar coisas sobre os arranha-céus, os *chauffeurs* (queria ser *chauffeur*...), os cantores de rádio (queria ser cantor de rádio...), e o presidente da República (não sei se queria ser presidente da República). Em troca disso, Benedito me mostrava os dentes do seu riso extasiado, uns dentes escandalosos, grandes e perfeitos, onde as violentas nuvens de setembro se refletiam, numa brancura sem par.

Nas vésperas de minha partida, Benedito veio numa corrida e me pôs nas mãos um chumaço de papéis velhos. Eram cartões postais usados, recortes de jornais, tudo fotografias de São Paulo e do Rio, que ele colecionava. Pela sujeira e amassado em que estavam, era fácil perceber que aquelas imagens eram a única Bíblia, a exclusiva cartilha do negrinho. Então ele me pediu que o levasse comigo para a enorme cidade. Lembrei-lhe os pais, não se amolou; lembrei-lhe as brincadeiras livres da roça, não se amolou; lembrei--lhe a tuberculose, ficou muito sério. Ele que reparasse, era forte mas magrinho e a tuberculose se metia principalmente com os meninos magrinhos. Ele precisava ficar no campo, que assim a tuberculose não o mataria. Benedito pensou, pensou. Murmurou muito baixinho:

— Morrer não quero, não sinhô... Eu fico.

E seus olhos enevoados numa profunda melancolia se estenderam pelo plano aberto dos pastos, foram dizer um adeus à cidade invisível, lá longe, com seus "chauffeurs", seus cantores de rádio, e o presidente da República. Desistiu da cidade e eu parti. Uns quinze dias depois, na obrigatória carta de resposta à minha obrigatória carta de agradecimentos, o dono da fazenda me contava que Benedito tinha morrido de um coice de burro bravo que o pegara pela nuca. Não pude me conter: "Mas será o Benedito!"... E é o remorso comovido que me faz celebrá-lo aqui.

Biblioteconomia

O contato com os livros e manuscritos dessas idades que irreverentemente costumamos chamar de “passado”, será que nos deixa o ser mais antigo?... Parece. Positivamente não é a mesma coisa a gente ler Matias Aires numa edição primeira ou numa reimpressão contemporânea. A transposição moderna conterá sempre a mesma substância, e mesmo nas raríssimas edições honestas, a substância estará enriquecida de comentários, correções, esclarecimentos. Mas o importante é que não são apenas os dados da verdade que um livro pode nos fornecer. Quem julgar assim sabe ler pelo meio.

O livro não é apenas uma dádiva à compreensão, é, deve ser principalmente um fenômeno de cultura. Quem lê indiferentemente um escrito numa edição do tempo ou noutra moderna, numa edição mal impressa ou noutra tipograficamente perfeita, num bom como num mau papel, esse é um egoísta, cortado em meio em sua humanidade. Lê porque sabe ler, e apenas. O livro lido apenas para se saber o teor do escrito é sempre singularmente subversivo da humanidade que trazemos em nós. O fenômeno mais característico desse individualismo errado, a gente encontra nos estudantes que, na infinita maioria, são pervertidos pelos seus livros de estudo. Não que todos os livros escolares sejam ruins, os rapazes é que ainda não aprenderam a ler. Leem pra saber a verdade que está nos livros, e apenas. O resultado são essas almas imperialistas, tão frequentes nos ginásios, vivendo em decretos desamorosos, incapazes de distinguir, comendo, dormindo, respirando afirmações. O estudante pernóstico, corrigindo os erros do pai!

Nas civilizações contemporâneas mais energicamente respeitosas do homem, as universidades, os livreiros se esforçam por apresentar o livro, não apenas como um repositório de verdades, mas como um fenômeno duma totalidade muito mais fecunda que isso. Pela boniteza da impressão, pela generosidade do papel, pelo conselho encantador das gravuras, os bons livros modernos não querem nos obrigar apenas a saber a vida, mas a gostar dela porém.

Ora já de muito, bem que venho matutando em que talvez a verdade menos deva ser um objeto de conhecimento que de contemplação... Não será essa diferença fundamental que separa o encanto maravilhoso de Platão da secura sem beijo de Aristóteles, no entanto bem mais verdadeiro?... Não será esse engano das nossas civilizações que as torna tão rasteiras, monetárias, dogmáticas, em oposição às grandes civilizações da Ásia, bem mais gostosas e sutis?...

E cheguei com certo esforço adonde pressentia que desejava chegar: o livro antigo, o manuscrito original, pela sua venerabilidade, pelo esforço de acomodação à leitura, pela exigência permanente de controle do que diz, não nos deixa nunca apenas na psicologia individualista de quem aprende, mas no êxtase amplíssimo, difuso, contagioso da contemplação. Ele nos reverte à nossa antiguidade.

Deixem que eu diga, mas nas civilizações novatas que nem as desta América, os seres são profundamente imorais, no sentido em que a moral é uma exigência derivada aos poucos do ser tanto indivíduo como social. Não nos custa a nós, americanos, aceitar religiões, filosofias, e mesmo importar civilizações aparentemente completas. O nosso dicionário vai de A pra Z, direitinhamente. Tem F tem L e tem R: Fé, Lei, Rei. O que não nos é possível importar é a precedência orgânica dessa Fé, dessa Lei e desse Rei, nascidos de outras experiências. Nós existimos pouco, demasiado pouco. Nós existimos em desordem. É que nos falta antiguidade, nos falta tradição inconsciente, nos falta essa experiência por assim dizer fisiológica da nossa moralidade que, só por si, torna a palavra "passado" duma incompetência larvar.

Isso nem o ótimo livro moderno conseguirá nos fornecer. O livro antigo é moral, com a sutil prevalência de não ser uma moral ensinada (que é sempre pelo menos duvidosa) mas uma moral vivida. É um banho inconsciente de antiguidade. E se na mão do bibliófilo o livro antigo é duma volúpia incomparável, estou que devemos arrancá-lo dessas mãos pecaminosas e botá-lo nas mãos rápidas dos moços. Convém tornar os moços mais lentos, e iniciar no Brasil o combate às velocidades do espírito. Que abundância de meninos—prodígios transfere a vida agora da beca difícil dos clérigos pro quepe chamariz dos generais... Vivo meio sufocando.

Eu desconfio que ninguém achará razão nestas palavras, quando o que me intitula é a Biblioteconomia. Mas pra mim foram os pensamentos sossegados que pensei e quis dizer. Para mim, que envelheço rápido, o pensamento como a vista já vão preciosamente perdendo aquele dom de precisão categórica, que define as ideias como as coisas nos seus limites curtos. De fato a biblioteconomia é, dentre as artes aplicadas, uma das mais afirmativas. Diante desse mundo misteriosíssimo que é o livro, a biblioteconomia parece desamar a contemplação, pois categoriza e ficha. É engano quase de analfabeto imaginar tal desamor; e não foi senão por um velho hábito biblioteconômico que, faz pouco, me fichei na categoria dos envelhecidos, o que posso jurar ser pelo menos uma precipitação.

Isso é a grandeza admirável da biblioteconomia! Ela torna perfeitamente acháveis os livros como os seres, e alimpa a escolha dos estudiosos de toda suja confusão. Este o seu mérito grave e primeiro. Fichando o livro, isto é, escolhendo em seu mistério confuso uma verdade, pouco importa qual, que o define, a biblioteconomia torna a verdade utilizável, quero dizer: não o objeto definitivo do conhecimento, pois que houve arbitrariedade, mas um valor humano, fecundo e caridoso de contemplação. E pelo próprio hábito de fichar, de examinar o livro em todos os seus aspetos e desdobrá-lo em todas as suas ofertas, a biblioteconomia rallenta os seres e acode aos perigos do tempo, tornando para nós completo o livro, derrubando os quepes e escovando as becas.

A SRA. STEVENS

— Mme. Stevens.

— Sim, senhora, faz favor de sentar.

— Fala francês?

-...ajudo sim a desnacionalização de Montaigne.

— Muito bem. (Ela nem sorriu por delicadeza.) O sr. pode dispor de alguns momentos?

— Quantos a sra. quiser. (Era feia.)

— O meu nome é inglês, mas sou búlgara de família e nasci na Austrália. Isto é: não nasci propriamente na Austrália, mas em águas australianas, quando meu pai, que era engenheiro, foi pra lá.

— Mas...

— Eu sei. É que gosto de esclarecer logo toda a minha identidade, o sr. pode examinar os meus papéis. (Fez menção de tirar uma papelada da bolsa-arranha-céu.)

— Oh, minha senhora, já estou convencido!

— Estão perfeitamente em ordem.

— Tenho a certeza, minha senhora!

— Eu sei. Estudei num colégio protestante australiano. Com a mocidade me tornei bastante bela e como era muito instruída, me casei com um inglês sábio que se dedicara à Metafísica.

— Sim senhora...

— Meu pai era regularmente rico e fomos viajar, meu marido e eu. Como era de esperar, a Índia nos atraía por causa dos seus grandes filósofos e poetas. Fomos lá e depois de muitas peregrinações nos domiciliamos nas proximidades dum templo novo, dedicado às doutrinas de Zoroastro. Meu marido se tornara uma espécie de padre, ou melhor, de monge do templo e ficara um grande filósofo meta físico. Pouco a pouco o seu pensamento se elevava, se elevava, até que desmaterializou-se por completo e foi vagar na plenitude contemplativa de si mesmo, fiquei só. Isto não me pesava porque desde muito meu marido e eu vivíamos, embora sob o mesmo teto, no isolamento total de nós mesmos. Liberto o espírito da matéria, só ficara ali o corpo de meu marido, e este não me interessava, mole, inerte, destituído daquelas volições que o espírito imprime à matéria ponderável. Foi então que adivinhei a alma dos chamados irracionais e vegetais, pois que se eles não possuíssem o que de qualquer forma é sempre uma manifestação de vontade, estariam libertos da luta pela espécie, dos fenômenos de adaptação ao meio, correlação de crescimento e outras mais leis do Transformismo.

— Sim senhora!

— Como o sr. vê, ainda não sou velha e bastante agradável.

— Minh...

— Eu sei. Com paciência fui dirigindo o corpo do meu marido para um morro que havia atrás do templo de Zoroastro, donde os seus olhos, para sempre inexpressivos agora, podiam ter, como consagração do grande espírito que neles habitara, a contemplação da verdade. E o deixei lá. Voltei para o bangalô e fiquei refletindo. Quando foi de tardinha escutei um canto de lauta que se aproximava. (Aqui a sra. Stevens começa a chorar.) Era um pastor nativo que fora levar zebus ao templo. Dei-lhe hospitalidade, e como a noite viesse muito ardente e silenciosa, pequei com esse pastor! (Aqui os olhos da sra. Stevens tomam ar de alarma.)

— Mas, sra. Stevens, o assunto que a traz aqui a obriga a essas confissões!...

— Não é confissão, é penitência! Fugi daquela casa, horrorizada por não ter sabido conservar a integridade meta física de meu esposo, e concebi o castigo de...

— Mas...

— Cale-se! Concebi meu castigo! Fui na Austrália receber os restos da minha herança devastada e agora estou fazendo a volta ao mundo, em busca de meta físicos a quem possa servir. Cheguei faz dois meses ao Brasil, já estive na capital da República, porém nada me satisfez. (Aqui a sra. Stevens principia soluçando convulsa.) Ontem, quando vi o sr. saindo do cinema, percebi o desgosto que lhe causavam essas manifestações específicas da materialidade, e vim convidá-lo a ir pra Índia comigo. Lá teremos o nosso bangalô ao pé do templo de Zoroastro, servi-lo-ei como escrava, serei tua! oh! grande espírito que te desencarnas pouco a pouco das convulsões materiais! Zoroastro! Zoroastro! lá, Tombutu, Washington Luís, café com leite!...

Está claro que não foram absolutamente estas as palavras que a sra. Stevens choveu no auge da sua admiração por mim (desculpem). Não foram essas e foram muito mais numerosas. Mas com o susto, eu colhia no ar apenas sons, assonâncias, que deram em resultado este verso maravilhoso: "lá, Tombutu, Washington Luís, café com leite". Sobretudo faço questão do café com leite, porque quando a sra. Stevens deu um silvo agudo e principiou desmaiando, acalmei ela como pude, lhe assegurei a impossibilidade da minha desmaterialização total e, como a coisa ameaçasse piorar, me lembrei de oferecer café com leite. Ela aceitou. Bebeu e sossegou. Então me pediu dez mil réis pra o templo de Zoroastro, coisa a que acedi mais que depressa.

Aliás, pelo que soube depois, muitas pessoas conheceram a sra. Stevens em São Paulo.

Morto e deposto

Jesus Cristo morreu mais uma vez. Os processos humanos de adoração, repetindo a tragédia medonha, puseram de novo a imagem Dele num caixão, as tochas conduziram vultos lerdos, o sepultamento se fez. Fizeram com alarde que percebêssemos a morte de Jesus e muitas almas ficaram cheias de cuidados.

De alguns anos para cá, principalmente depois que a guerra grande se acabou, a morte de Jesus se torna cada vez mais insofismável. A humanidade contemporânea, como coletivo, se afasta cada vez mais da imagem de Jesus. A morte Dele é um enterro anônimo que atravanca as ruas, tem um rito impossível. As prefeituras e as polícias deviam de proibir isso, como proíbem outros hábitos que não são da época mais.

É que Jesus não está morto apenas, está morto e deposto. Bem que Ele falara, no seu conhecimento extemporâneo, que o reino Dele não era deste mundo... Mas possuía uma grandeza tão imensa que, além de salvação individual dos homens, Jesus se tornou uma razão-de-ser social e deu origem a uma civilização.

Os homens também não tiveram a culpa disso, porque as civilizações transcendem às vontades humanas, mas essa foi a causa dos cuidados de agora. Se fez a Civilização Cristã que, apesar de todas as grandezas dela, é um insulto à grandeza de Jesus.

Mas isso não é o pior. O pior é que ela, que nem todas as civilizações, tinha que se acabar e se acabou. A humanidade de hoje, apesar de todas as ligações que ainda a prendem à Civilização Cristã, tem outra maneira concreta de ser, outra moral prática, outros sentimentos, ideais e paixões imediatas. E a gente assiste a essa fragilidade humana ridícula que faz com que os destroços da Civilização Cristã despenquem sobre o corpo morto Daquele que, por sua grandeza, teve a fatalidade de a criar. Assim Jesus não está só morto não. Está deposto. Ele perdeu toda a magnitude social e nem um prisioneiro no Vaticano é mais.

Ora graças a Deus!

Até que enfim vai se acabar também toda a cegueira que desvirtuava quase que completamente a vida terrestre de Deus. Jesus morreu pra nos salvar da terra, não pra nos salvar num pedaço de terra. Liberta a figura Dele de todas as condições sociais e apetites civilizadores que A mascaravam, Ela se livra da vaidade nossa. Agora Jesus está bem liberto mesmo, e talvez o ato mais prodigioso da simbologia católica seja essa troca de Roma por dinheiro. A covardia de Mussolini inventou o gesto mais genial desse agudíssimo "moderno". Quanto ao gesto do papa, depondo contratualmente Jesus de pí ias realezas de homem, se choca a sensiblerie de muitos católicos frouxos, é de deveras uma inspiração divina. Jesus preso por despique! preso por um muro!... Não havia maior rebaixamento da divindade. Não havia concepção mais anticonceitual da divindade. E não havia símbolo mais inútil.

Morto e deposto, Jesus se libertou enfim. Agora é um deus unicamente divino. Não é mais culpa de nada e nem desculpa. Está isento da derradeira evidência. Os que acreditam Nele, seja por fé, seja por conhecimentos filosóficos ou religião, estão com as orações libertas. Ficou até inútil discutir se a oração tem de ser adoração primeiro e pedido depois. Ato de medo, ato de coragem: a oração não possui mais nenhuma validade terrestre. O reino de Jesus não é deste mundo. As curas se fazem com ou sem Ele, os ganhos de dinheiro, de futebol, de amor, com ou sem Ele. A gente não pode mais estatisticar as forças de Deus. Jesus está morto e deposto. A união com Ele agora é como o brilho inútil das estrelas.

Porque a oração cada vez mais adianta menos. Ou melhor: não adianta nada. Todas as prerrogativas individuais não têm mais nenhuma validade para a civilização que está nascendo. A própria felicidade humana é uma exacerbação espúria do individualismo.

Cacoete pessoal que não interessa às preocupações sociais, que não adianta nem atrasa o conceito nascente de civilização. Pro facho; pro hitlerismo; pros sovietes, a própria grandeza moral do indivíduo é um fantasma desprovido dos seus sustos. Inútil ao mecanismo social, onde tudo e todos estarão controlados. Quem quiser que a tenha, é indiferente. E por isso aqueles que agora se unem a Jesus fulgem do brilho inútil das estrelas.

O culto das estátuas

Fenômeno bem curioso de psicologia social é a deformação por que passa frequentemente nas cidades o culto dos mortos mais ou menos ilustres. O culto verdadeiro, sendo subsidiário por demais, raro existe de homens pra mortos. A gente cultua facilmente Deus, deuses e assombrações, porque pra com essas forças conspícuas do além, o culto é mais propriamente uma barganha de favores, um dá-cá-e-toma-lá em que sempre nos sobra esperança de mais ganhar do que dar. Outro culto propício é o dos vivos poderosos ou célebres. Os poderosos poderão nos dar um naco da sua força. E viver ao pé dos célebres é o processo mais seguro de sair nas fotografias.

Já o culto dos mortos é pouco rendoso e os homens o foram substituindo pelo culto das estátuas. No fundo não deixa de ter bom resultado este culto: nós substituímos a memória do morto, difícil de sustentar, por um minuto vivo de beleza. Em verdade a função permanente da estátua não é conservar a memória de ninguém não, é divertir o olhar da gente. O fato é que bem pouco as estátuas divertem... Não só porque são raríssimas as estátuas bonitas, como porque saber se divertir com o feio é já um grau muito elevado de sabedoria, pra ser de muitos.

Até aqui não foi doloroso falar, porém agora principia sendo... Além de ser muitíssimo relativa a memória do morto na estátua, será mesmo que muito cadáver ilustre merece a eternização da escultura? Toda estátua pública tem de representar um culto público, a rua é de todos. Sei bem que uma unanimidade é coisa democraticamente impossível, porém certos homens, mais pela ideia que representam que por si mesmos, podem merecer um culto geral. E se a maioria dos praceanos talvez ignore esse homem, carece não esquecer que a estátua deve ter uma função educativa.

Neste ponto é que a porca torce o rabo. Só enxergo um jeito do monumento, ser educativo: é pela grandiosidade obstruente e incomodatícia. O monumento, pra chamar a atenção de verdade, não pode fazer parte da rua. O monumento tem que atrapalhar. Uma dona em toalete de baile é muito mais monumental na rua Quinze, mesmo sendo catatauzinha, que a estátua de Feijó e a própria escadaria de Carlos Gomes. A gente passa e indaga logo: Quem será! Isso os comerciantes perceberam muito bem, principalmente depois que chegaram os Estados Unidos e a eletricidade. É incontestável que o anúncio erguido à "memória" de tal cigarro ou sabonete, no Anhangabaú, é monumento que jamais Colombo não teve.

Tudo isso são coisas que se provam por si pra que eu insista sobre. Em São Paulo, com exceção do monumento do Ipiranga e o do Conde Matarazzo que são os únicos monumentais e educativos, todas as outras estátuas não passam de mesquinharias. Por que existem?... Se não nos cansamos de espetar estátuas nas ruas é porque o nosso egoísmo substituiu o culto dos mortos pelo culto das estátuas.

A egolatria não consiste apenas na adoração do eu: tudo o que não seja humanidade como amor social não passa de manifestações interessadas de egolatria. Existe egolatria de família, de classe. E a mais monstruosa de todas: a nacional. Mas se esta é monstruosa, a egolatria de facção é a mais mesquinha. A que desmandos estatuários leva o grupo de amigos!...

Em torno dum homem de certo valor, os admiradores vão se transformando, pela frequência, em "grupo dos amigos de". Uma quarta-feira morre o homem. O grupo dos amigos fica despojado, num mal-estar medonho. Sentimentalizados pela proximidade do vazio, carecem dar um derivativo ao cincerro do sofrimento pessoal, e se torna imprescindível sufocar o abatimento por meio duma vitória qualquer. Não é o morto que tem de vencer, esse já está onde vocês quiserem, quem tem de vencer é o grupo dos amigos. E se note que muitas vezes esses amigos (do morto) nem se dão entre si! O "grupo" se justifica pela admiração sentimentalizada do morto, e esses indiferentes entre si, se percebem irmãos. Não deixa de ser comovente. Só não acho comovente é o derivativo: —Vamos fazer uma estátua!

E a estátua se faz. Quais são os que apenas conhecem mais intimamente Carlos Gomes em suas obras, dentre os que povoaram com porcelanas ocasionalmente de bronze a esplanada do Municipal? O que significará Verdi pra uma cidade em que a própria colônia italiana preferirá mil vezes Os Palhaços ao Falstaff?... Sim, mas quando um do "grupo dos amigos de" escuta falar na estátua ou mais raramente no morto, jamais não se esquecerá de sentir (e às vezes proclamar) que foi ele, Ele, quem ajudou a erguer... a memória do morto? Não, a estátua. O ególatra incha todo na satisfa pessoal duma vitória. O culto continua inexistente. O morto mais que morto.

Os transeuntes passarão pela estátua, a primeira vez olhando. "É uma estátua", dirão. Os de maior atividade espiritual irão mais longe e prolongarão o pensamento até um "É feia" ou "É bonita". Poucos irão ler o nome, não do morto, mas da estátua. Raríssimos saberão quem é, mas a estes será desnecessário o culto da estátua para que cultivem o morto. E quando muito a estátua daí em diante servirá uma vez por outra como ponto de referência ou marcação de randevu. E para sempre só os turistas a olharão, não pra saber do morto, mas pra se distrair com a estátua. E todos os turistas verificarão indiferentemente, só pra meter o pau na terra visitada, "É feia".

E de-fato será sempre "feia" porque apenas estátua. Um bronzinho magro, uns granitos idiotas. A tal de vitória do "grupo dos amigos" não passou também duma auto-sugestão. A festa se resumiu a uma subscrição de má vontade e no presentinho coletivo das alunas pelos anos da professora: um bibelô.

A rua é de todos, e nela Pereira Barreto, Ramos de Azevedo, Feijó e a infinita maioria dos mortos se nulifica. Na rua que é quotidiana, de trabalho e vida viva, eles não adiantam nada. Não passarão jamais de estátuas. Feias.

Educai vossos pais

Nós ainda somos apenas educados pelos nossos pais... Se vê a criança detestando quanto os pais detestam... Depois começam desequilíbrio e hipocrisia. É o tempo do "no meu tempo"... O rapaz, a morena é um bloco maciço de modas novas. Os pais detestam essas modas e querem torcer a gente para o caminho que eles fizeram, na bem-intencionada vaidade de que são exemplos dignos de seguir. A gente, não é que não queira, nem pode! Se vive em briga, mentira, dá vontade de morrer.

Creio que, para a felicidade voltar, tudo depende do moço. O melhor é a gente se fazer passar por maluco. Faz umas extravagâncias bem daquelas, descarrila exageradamente umas três vezes, depois organiza uma temporada dramática aí de uns quinze espetáculos. Fazendo isso com arte e amor até é gostoso. "Nosso filho é um perdido", se dizem os pais. Sofrem a temporada toda, você com muito carinho abana o sofrimento mas sustenta a mão. E eles a final sossegam, reeducados. E você conquistou a liberdade de existir.

Há por exemplo o caso da cadelinha Lúcia que me impressiona bem. A cadelinha Lúcia era uma espécie de Greta Garbo, mais maravilhosa que linda. Você podia ficar tempo contemplando bem de perto os olhos inconcebíveis dela, a cadelinha Lúcia não dava um avanço pra abocanhar nosso nariz. Então chegava a primavera. Você cansava, não dando mais atenção e a cadelinha Lúcia virava um sabá de flores de retórica, latidos, estalidos, luzes, festa veneziana, a guerra de 14 e o cisne de Saint Saëns-Paulova.

Me esqueci de contar que ela era branca. Um branco tamisado de esperanças de cor, duma riqueza reflexiva tão profunda que, não sei se por causa dela se chamar Lúcia, a gente sentia naquele esborrifo andante os valores da única maravilha desse mundo que tem direito a se chamar de Lúcia, a pérola.

Lúcia era brabinha como já contei e alimentava grandes ideais. Ninguém entrava no jardim sem sabá. Isso ela vinha que vinha possuída de toda a retórica do furor e mais os dentes. Mordia. Estragava a roupa, era uma dificuldade.

Porém a gente percebia que a cadelinha Lúcia não era feliz. Não lhe satisfazia arremeter eficaz contra os humanos, e pouco a pouco, na contemplação latida das grades do seu jardim lhe brotara um ódio poderoso contra os vultos gigantes da rua. Um dia afinal, pilhando o portão aberto, saiu como uma sorte grande, era agora! Olhou arrogante, e enfim vinha lá longe, num heroísmo de polvadeira, o grandioso bonde. Lúcia esperou, acendrando ódio na impaciência, e quando o bonde já estava a uns vinte metros, ei-la que sai em campo, enfunada, panda, côncava de pérolas febris. Atira-se e compreende enfim. O bonde só fez juque! e quebrou a mãozinha direita da cadelinha Lúcia.

Vocês imaginam o que foi aquela morte de filho em casa. Correrias, choro, médico, telefonemas, noite em claro... A cadelinha Lúcia salvava-se, masficava manquinha pra sempre. Quando veio do hospital, convalescente e com o enorme laço de ita no pescoço, milagre! o laço parava no lugar. Continuava o maravilhoso bichinho, mas a alma era outra.

Dantes preferira a glória ao amor. Agora queria apenas a beleza e o amor. Mansa, pusera de parte os dentes e os ideais, e todos a adoravam. E pouco depois dos tratamentos do hospital, teve os primeiros filhos. Pedidos, presentes, mas um ficou na casa.

Chincho foi educado nessa mansidão. Não era possível a gente imaginar uma doçura mais suave que a do cachorrinho Chincho. Ora, bons tempos depois, eu indo naquela casa, a cadelinha Lúcia estava no gramado entredormida. Eis que ergue a cabecinha, se esborrifa toda e geme um ladrido desafiante, porém muito desamparado. O que eu vejo! Sai detrás da casa o cachorrinho Chincho, e vem num sabá furioso sobre mim, quase recuei, sai, passarinho! Que sair nada! Olhou pra mãe, lá na sua grama, hesitante:

— Ajuda, minha velha!

E ela veio reeducada, furiosa pra cima de mim. Me chatearam, quase me morderam. Depois, quando a criada me salvou,ficaram brincando na grama, parceiros, muito em família. Educai vossos pais! Não dou três meses, e o cachorrinho Chincho fará a cadelinha Lúcia odiar os bondes outra vez. Pode ser que ambos percam a vida nisso, mas não é a vida que tem importância. O importante é viver.

Esquina

É chegado o momento de vos descrever minha esquina.

Eu moro exatamente na embocadura dum desses igarapés cariocas feitos de existências em geral apressadas —ruazinhas, vielas que, nascidas no enxurro do morro próximo, desembocam na famosa rua do Catete. Estranha altura este quarto andar em que vivo... Não é suficientemente alta para que a vida da esquina se afaste de mim, embelezada como os passados; mas não chega a ser bastante baixa pra que eu viva dessa mesma vida da rua e ela me marque com seu pó. Mas apesar dos quartos-andares e outras comodidades modernas que a cercam nos becos e praias próximas, a rua do Catete é ainda caracteristicamente uma rua a dois andares. O andar térreo, onde mascateia um comércio miúdo sem muitas ambições, e, tenham as casas três ou quatro andares, um só andar superior, onde se enlata no ar antigo, muitas vezes respirado, uma gentinha de aluguel.

Contemplando essa gente do segundo andar, me ponho imaginando a classe a que pertence. É um lento exército de infiéis, que fazem todos os esforços pra não pertencer à classe operária. Mas é fácil verificar que não chegam a ser essa pequena burguesia que vive agarrada ao seu bem-bom e indiferente a tudo mais. Não. É uma casta de inclassificáveis, cuja forma essencial de vida é a instabilidade. Enorme parte dela é pessoal do biscate, que a audácia faz pegar qualquer serviço, qualquer. Ou são empregados baratos que insistem em bancar alturas, e só começam vivendo quando de noite, no sábado, se trans figuram na roupa cinza e no sapato de praia, e vão por aí, feito gatos, buscando amor. Ou são costureirinhas, bordadeiras, chapeleiras que não trabalham na oficina, isso não! trabalham "particular", menos vivendo do seu recato ou tradição renitente que da espera de algum príncipe que as eleve a frequentadoras de bar. Há também as famílias: pai cansado, cujo exclusivo sinal de vida é o cansaço, mãe desarranjada que dá pensão pra estudantes de fora e as crianças, muitas crianças, de dois até treze anos. Porque é uma coisa terrivelmente angustiosa esta do andar superior da rua do Catete: a quase completa ausência de adolescentes. Com a rara exceção de algum estudantinho pensionista, não se vê uma só garota, um só rapaz de quinze até vinte anos. Não sei se morrem, se fogem —em qualquer dos dois casos buscando vida melhor.

Instáveis no trabalho, instáveis na classe, estes seres são principalmente instáveis na moradia. É mesquinho, mas ninguém mora mais de três meses na mesma casa. As famílias, os sozinhos chegam e da mesma forma partem, quase mensalmente. Mas sem ruído, com humildade sorrateira, mudanças tão reles que não chegam sequer a colorir a existência da esquina. E o andar superior da rua do Catete se enfeita de barbantes em cuja ponta acenam papelões, fazendo o sinal do "Aluga-se".

Minto. No meio de toda essa instabilidade, há um caso altivo que tem me preocupado até demais. Quase em frente da esquina, há uma casa de janelas fechadas. Desde que cheguei aqui, faz um ano e oito meses, essa casa viveu sempre assim. De primeiro imaginei que ninguém morasse ali, e o andar estivesse condenado pela Higiene, que ideia minha! Se a Higiene quisesse agir, creio condenaria toda a rua do Catete. A final, uma feita, era pela manhã, percebi que uma nesga tímida se abria numa das portas de sacada da tal casa. A nesga foi se abrindo com muita lentidão, e a final se aventurou pela abertura uma cabecinha de criança. Criou coragem, entusiasmada com o dia, entrou todinha na sacada, chamou outra da mesma idade e graça, e ambas se debruçaram sobre a rua, olhando tudo, mostrando tudo. E de repente, esquecidas, principiaram soltando felizes risadas. Pela abertura, se percebia que a sala estava inteiramente despida, nenhum móvel. Então apareceu uma senhora que não olhou pra nada, nem inquieta parecia. Apenas deu uns petelecos nas crianças e fechou tudo outra vez. De vez em longe a cena se repete inalterável. As crianças conseguem abrir a porta e se debruçam, brincando de ver a esquina. Não dura muito, surge a senhora que não olha mundo, dá uns petelecos nas crianças e fecha tudo outra vez.

E há o caso do rapaz que se olhava nu, altas horas, num jogo de espelhos... E há o caso da gorda, o do paralítico a quem morreu a mulher que o tratava, o das duas irmãs, mas tenho que descer para o andar térreo. Na rua, quem vive são os operários. Este operariado do Catete, que mora por aqui mesmo, no fundo das casas, no oco dos quarteirões, nos vários cortiços que arriscam desembocar na própria rua. Muitos vivem de pé-no-chão, mesmo aqui, bem junto da sublime praça Paris. Não é gente triste, embora todos sejam de físico tristonho. O nível de vida é baixíssimo, só as mocinhas se disfarçam mais. Os outros, mesmo os jovens, mesmo os lusíadas resistentes, mostram sempre qualquer ombro tombado ou peito fundo, marca de imperfeição. Deles a vida não é instável, pelo contrário. São sempre os mesmos e já os conheço a todos. Esta gente, passados os vinte-e-dois anos e o "ajuntamento" legal ou não, não se movimenta mais: são os homens que vêm até a esquina. De noite, após a janta, ou nos domingos de camisa limpa, eles têm que descansar e se divertir um bocado. Então vêm na esquina, se encostam nas árvores ou se ajuntam na porta dos botequins, conversandinho. Os bondes passam cheios do futebol que nos faz esquecer de nós mesmos. Mas estes homens nem de futebol precisam. Só conseguem é vir até a esquina, reumáticos de miséria.

Mas o bom-humor brinca assim mesmo nas bocas, até em horas de trabalho, e a esquina é um espetáculo em que há qualquer coisa de desumano, de macabro até. Como é que este pessoal consegue conservar um bom-humor que pipoca em malícias e graças! Esta gente parece ter a leviandade escandalosa do mar de praia que está próximo e se atreve a jogar banhistas quase nus até nesta esquina tão perfeitamente urbana. Mar também achanado, sem crista, de baixo nível de vida, este mar de porto... Nem ao seu parapeito podemos chegar em passeio, porque são tão numerosos os casais indiscretos quanto numerosíssimos os exércitos de baratas, baratinhas, baratões, num assanhamento de carnaval. E é monstruoso, é por completo inexplicável este amor entre baratas, coberto destas baratas que qualquer calorzinho põe doidas, avançam pelo bairro, cruzam lépidas a esquina, invadem o arranha-céu.

Gasto mais de metade do meu ordenado em venenos contra as baratas. Vivo sem elas, mas só eu sei o que isto me custa de energia moral. Altas horas, quando venho da noite, há sempre uma, duas baratas ávidas, me esperando. Se abro a porta incauto, perdido nos pensamentos insolúveis desta nossa condição, isso elas dão uma corridinha telegráfica, entram e tratam logo de esconder, inatingíveis. Eu sei que, feito de novo o escuro no apartamento, elas irão morrer se banqueteando com os venenos que me custam a metade do ordenado. Mas me vem uma saudade melancólica dos meus ordenados inteiros, dos livros que não comprei, dos venenos com que não me banqueteei. Pra dar banquete às baratas. Às vezes eu me pergunto: por que não mudo desta esquina?... Mas sempre o meu pensamento indeciso se baralha, e não distingo bem se é esquina de rua, esquina de mundo. E por tudo, numa como noutra esquina, eu sinto baratas, baratas, exércitos de baratas comendo metade dos orçamentos humanos e só permitindo até o meio, o exercício da nossa humanidade. Não é tanto questão de mudança. Havemos de acabar com as baratas, primeiro.

Problemas de trânsito

Não é possível silenciar o acontecimento grave que foi para este levíssimo Rio a Semana do Trânsito, instituída para ensinar aos cariocas a ciência de andar bem direitinho. Numa bela segunda-feira de maio, o centro apareceu cheio de inovações suspeitas. Alto-falantes bocejavam pelas esquinas, fechavam cada canto de calçada rijas cordas d'aço intransponíveis, e no meio das mais labirínticas encruzilhadas discursavam uns púlpitos cobertos por um casco arredondado, a que logo os cariocas deram o nome de "guarda-chuva de Chamberlain". Pouco depois toda essa aparelhagem agia, e a população, acossada por milhares de policiais palpitantes, começou a saber como se andava bem direitinho.

Era preciso mesmo. O Rio é uma cidade verdadeiramente catastrófica. Em certas horas de volta pra casa ou de ida para o trabalho, é quase impossível um pedestre atravessar as avenidas de beira-mar. Isso, os automóveis vêm feito uma pororoca de epopeia, com violência impassível, de uma segurança portuguesa. Em certas ruas inda centrais e internas, como a do Catete, o movimento é tão vivaz, a impiedade dos bondes é tão portuguesa, o barulho, ôh, principalmente o barulho é tão futebolístico, que em três meses qualquer ser que se utilize um pouco da cabeça fica tomado das mais estupefacientes fobias.

Manaus também me deu sensações catastróficas, com seu processo londrino dos veículos tomarem a esquerda em vez da direita, como me acostumaram estas cidades do Sul. E como eu andava em automóveis oficiais, naturalmente indisciplinados e velocíssimos, não podendo berrar de susto por causa da boa educação, ah meu Deus! dei mais suspiros que em toda a minha adolescência, que passei todinha suspirando à toa. Mas no Amazonas, rapazes, pelo contrário, o trânsito dos gaiolas é tão acomodatício, que a gente querendo, pra variar, deixa o vapor partir, e vai por terra pegar ele em de mais longe. Caso lindo foi aquele da cidadinha pernambucana que atravessei, pleno sol do meidia. O prefeito mui viajado tinha descoberto os problemas da circulação e na larga rua sem ninguém nem nada, havia um polícia de trânsito com o seu simbólico bastão. Estávamos ainda a uns cem metros, que ele, lentíssimo, com um largo gesto episcopal, tirava o bastão da cinta e nos avisava que a rua, completamente vazia, estava completamente vazia mesmo e podíamos passar. Passamos na volada. Mas percebi muito bem o sorriso do guarda. Tinha...

sei que não exagero, tinha uma expressão de desamparada gratidão. Éramos nós por certo, aquele dia, os que primeiro lhe dávamos a esmola espiritual do "funciono, logo existo". E por isso o riso do guarda nos cantava: —Obrigado, meus manos, obrigado!

O carioca já vai procurando, com a sua galhofa bem humorada, reagir contra os transtornos psíquicos que está lhe causando esta boa educação transitória (de "trânsito"). Também os cantos fechados das esquinas já têm o nome de "corredor polonês". Mas a verdade é que os cariocas estão desanimadamente aflitos, limitados assim no seu individualismo liberdoso. Os guardas se esfalfam, gritando contra os desobedientes. É uma delícia compendiar os gritos deles: "Esse moço aí de branco! Não! o outro, de cara meia triste, tome a sua direita! Olha a mocinha de blusa marrom, espere empinada na calçada!" Uns verdadeiros santos!

O mais engraçado é que os alto-falantes são meramente teóricos, prelecionando sem atentar ao que se passa na rua. Lá num estúdio do Paraíso, um funcionário em estilo radiofônico intensivo, soletra normas teóricas de transitar, se imagine! Abriram o sinal verde, e o grupo "empinado" na calçada principia atravessando a rua. Mas o alto-falante grita: "Olha o sinal encarnado! Mais atenção! Não passe agora!" O grupo estaca aturdido. O guarda grita —"Passem, gente!" O alto-

-falante: “Olha aquela criança que vai ficar debaixo do automóvel!” Todos olham horrorizados, não há criança! os automóveis estão paradíssimos! “Abriu o sinal branco! Pronto! Atenção! Abriu o sinal verde! passem depressa!” Mas na verdade o sinal que se abriu foi o encarnado, o grupo quer passar, o guarda se esbofa “Não passe!”, os autos avançam irritados com a espera, xingando. O pessoal fogem em confusão.

E o rapaz da bicicleta? Vinha pedalando com desenvoltura, perdera um tempão com o passa-não-passa das esquinas, o patrão devia estar já com uma daquelas raivas portuguesas, na mercearia. O asfalto da esquina estava livre e o empregadinho atirou a bicicleta na travessia. Um apito violentíssimo parou nossa respiração. O rapaz olhou pra trás, era o guarda danado, “Não viu o sinal!” O rapaz voltou. “Não volte, ferida! é contra-mão!” Aí o portuguesinho desanimou. Fez um ar de desgraça tamanha, sacudiu a cabeça desolado, e, com uma praga que não se repete, desapeou, pôs a bicicleta no ombro, subiu na calçada e lá se foi com os mais fáceis pedestres, talvez pedestre para todo o sempre.

A negrinha chegou na beira da calçada, justo quando o guarda preparava o gesto largo para dar passagem aos autos. Os últimos dos atravessadores já estavam pelo meio da rua, e o guarda fez sinal à rapariga que esperasse a próxima vez. Ela esperou paciente. Depois que as máquinas passaram, o guarda mudou a direção do gesto, a negrinha podia passar. Mas sucedeu que ninguém mais aparecera pra passar daquela vez, só havia a negrinha. A avenida Rio Branco suntuosa, com seus salientes monumentos, Teatro Municipal, Biblioteca Nacional, Escola de Belas Artes esperavam na manhã branca que a negrinha passasse, esperavam. "Passa, menina!" que o guarda fez impaciente. Ela olhou de um lado, do outro, pôs a mão na cara, tapando o riso:

— Ah! sozinha não! tenho vergonha!

Voto secreto

Não sei, todos ficaram entusiasmados porque as eleições em São Paulo correram na "maior ordem"... Talvez haja o que distinguir. É incontestável que todos e a própria tendência para a disposição boa das coisas, que é tão da gente paulista, fizeram com que as eleições terminassem dentro do remanso dos nossos monótonos entusiasmos. Mas porém tenho a impressão bastante melancólica de que, se houve a "maior ordem" prática, nem por isso deixou de ser devastadora a desordem mental.

Voto secreto. É possível que um dia a gente venha a usar, com direito de propriedade, desse presente subitâneo que nos deram. O presente ficou bonito lá fora, pra podermos falar que também no Brasil se emprega o tal. Mas aqui dentro, por enquanto, ele fez foi despertar aquele farrancho temível de mitos. Uma completa mitomania vai grassando por aí de vária forma. Mitomania não somente no sentido em que as paixões partidárias deformaram, falsificaram, esconderam. Até neste sentido é que a nossa mitomania atual é mais perdoável. Eu me convenci de que a imensa maioria estão absolutamente convencidos de que estão com a razão. Se perrepistas como peceístas deformaram, esconderam, falsificaram verdades, não fizeram nada disso intencionalmente. Pelo menos, em geral. Acreditavam no que diziam ou faziam, ardentemente movidos pelo desejo de salvar (!) o Estado. Infelizmente a salvação se resumiu em criar mitos. Culpa do voto secreto.

Não duvido que a ideologia democrática tenha tido o seu valor, mas hoje, diante das exigências do tempo, nem se sabe mais o que é. É um mito, duma largueza aquosa, tão adaptável ao PC como ao PRP. O resultado disso é que o voto secreto não conseguiu que adiantássemos um passo sobre 1930. Não se discutiu ideologias, ninguém se dedicou por sistemas, porém por indivíduos. Novos mitos também, estes indivíduos... Não discuto o valor de ninguém aqui, mas os chefes de partidos cujas ideias já não conseguem mais se agrupar em sistemas definidos se viram guindados a deuses do Bem e do Mal. O chefe que pra uns era o mito do Bem, pra outros era mito do Mal. Daí não haver ideia possível. Dedicações de fanáticos, ódios erruptivos de apóstatas. Digo de apóstatas, porque neste caso incolor de PRP e PC, constituiu verdadeira apostasia deixar um partido por outro, quando ambos tinham a mesma religião!

Mas o voto secreto provocou nova mitomania mais curiosamente particular. Observei isso em centenas de pessoas com quem conversei. Foram talvez milhares os eleitores que se elevaram a mitos de si mesmos. Um dos processos desse individualismo empafioso consistiu (principalmente entre pessoas de certa idade e cultura de maior pretensão) consistiu em votar fora das chapas partidárias. O eleitor se julgando honestíssimo e dono de sua consciência (talvez outro mito...) batucava na máquina-de-escrever uma chapa mesclada, com os mitozinhos da sua simpatia, uns tantos do PC e outros tantos do PRP. As mais das vezes, nem se dava ao trabalho de escrutar se não existiria por acaso no Estado alguém, fora dos partidos, com mais possibilidades de formar um pai-da-pátria. As chapas estavam ali, escolhendo pela gente!... Cozinhavam dentro das chapas. Pouco se lhes dava atrapalhar, pouco se lhes dava a contradição do sistema, pois votavam em indivíduos de partido que seguirão seus partidos: importante era ele, eleitor, provável proprietário do seu voto. Voto em quem Eu quero. Imaginava estar usando do seu voto, quando estava apenas abusando do seu Eu.

Mas entre os moços e na burguesia mais pobre, observei outro abuso, muito curioso também. O voto secreto causou uma legítima bebedeira de liberdade que constatei em muitos. De posse duma arma que poderiam usar pra castigo de chefes maus, estes eleitores se esqueceram completamente de julgar por si mesmos se os chefes eram de fato maus. Votaram contra. Votaram contra, não porque estivessem conscientemente contra, mas só para provar que podiam votar contra, t'aí!

E nesses brinquedos de primeira vez se desperdiçou a infinita maioria do eleitorado. Cada qual votou num mito: uns votaram nos seus chefes ideologicamente inexistentes, outros votaram em si mesmos, também ideologicamente inexistentes. Jogados pra um canto, em minoria esmagada, outros eleitores ainda havia, a meu ver os únicos dignos de maior atenção. Os esquerdistas vermelhos e os fachistas. Cegos de ódio e antagonismo. Se diria presos a mitos também... Não eram mitos não: estão presos, não tem dúvida, mas conscientemente presos a ideologias perfeitamente delimitadas e fixas. Uns cantando antecipadamente a sua vitória, verdes, mas dum verde que não me dá muita esperança não. Outros, por uma aberração hedionda e, meu Deus! natural dos princípios... liberais, não tendo direito de viver à luz do sol, perseguidos como leprosos. Ou como os primeiros cristãos... E não se pense que pretendo ficar assim, de camarote, assuntando o desfilar das tragédias humanas. Todos os sintomas do meu ser me lembram que sou filho de tipógrafo, alma de tipógrafo. Só que nesta desordem mental que o voto secreto açulou, vermelhos como verdes têm de mim o mesmo respeito. Foram os únicos que tiveram consciência do mundo e confiança nas ideias.

Brasil-Argentina

Na véspera, o meu amigo uruguaio confessou que viera torcer pelos argentinos. Arroubadamente, com excesso de boa-educação, fui afirmando logo que isso não fazia mal, que diabo! etc. Ficou desagradável foi quando ele se imaginou no direito de explicar porque torcia pelos argentinos:

— Você compreende, amigo, nós, uruguaios, temos muito mais afinidade com os argentinos, apesar de já termos feito parte do Brasil. Até por isso mesmo!... Por mais que se explique historicamente o que levou um tempo o Uruguai a participar do Brasil, nós não sentimos (repare que emprego o verbo "sentir"), não sentimos a coisa como se tivéssemos participado do Brasil, e sim como tendo pertencido a ele. A modos de colônia... E isso, por mais esforços que a gente faça, irrita bem. Quanto a afinidades com os argentinos, há muitas... muitas...

Aqui meu amigo uruguaio parou de supetão. Percebi que não queria me machucar. Mas nesse terreno de boa-educação ninguém ganha de brasileiro, não insisti. Não ousei dar uma liçãozinha de humanidade no meu hóspede, falando na minha simpatia igual por argentinos, turcos e australianos, e outras invencionices maliciosas. Me preocupei apenas em disfarçar a ansiedade que me enforcava por causa do jogo.

No campo me acalmei com segurança. Estávamos em pleno domínio do "nacioná", com algumas bandeiras argentinas por delicadeza. Mas na verdade, por causa daquele jogo, estávamos todos odiando os argentinos e a Argentina ali. E dizem que futebol estreita relações, estreita nada! Mas aqueles milhares de brasileiros, que piadas cariocas! brilhavam na certeza da vitória. Desconfio que, em casa ou ilhados nos bondes, também tinham sentido a mesma inquietação que eu disfarçava, mas a unanimidade é um estupefaciente como qualquer outro. De forma que nem bem cada brasileiro se arranjava em seu lugar, olhava em torno, tudo era nacional! e a certeza vinha: Vamos ganhar na maciota.

E foi nessa atmosfera de vitória que principiou o famoso jogo Brasil-Argentina, de que certamente não tiraremos nenhuma moral. Os nacionais escolheram o lado pior do campo, com uma ventania dos diabos contra, varrendo tudo, calor, bola e argentino contra o nosso gol. Principiou o jogo.

Os argentinos pegaram com os pés na bola e... Mas positivamente não estou aqui pra descrever jogo de futebol. Só quero é comentar.

Ora, o que é que se via desde aquele início? O que se viu, se me permitirem a imagem, foi assim como uma raspadeira mecânica, perfeitamente azeitada, avançando para o lado de onze beija flores. Fiquei horrorizado. Procurei disfarçar, vendo se me lembrava a que família da História Natural pertencem os beija flores, não consegui! Nem sequer conseguia me lembrar de alguma citação latina que me consolasse filosoficamente! Enquanto isso, a raspadeira elétrica ia assustando quanto beija flor topava no caminho e juque! fazia mais um gol. Era doloroso, rapazes.

Mas era também admirável. Quem já terá visto uma força surda, feia mas provinda duma vontade organizada, que não hesita mais, e diante de um trabalho começado não há transtorno político, financeiro, o diabo! que faça parar!... Eram assim os argentinos, naquela tarde filosófica. Não que eles se alardeassem professores de ordem, de energia ou de coisíssima nenhuma. Se alguém desejar saber exatamente o que eu senti, eu senti a Grécia, a Grécia arcaica, no tempo em que se fazia a futura grande Grécia. Dezenas de tribos diferentes se organizando, se entrosando, recebendo mil e uma influências estranhas, mas aceitando dos outros apenas o que era realmente assimilável e imediatamente conformando o elemento importado em ibra nacional. Quem quiser me compreender, compreenda, mas no fim do quarto gol eu tinha me naturalizado argentino, e estava francamente torcendo pra que... nós fizéssemos pelo menos uns trinta gols. Mas logo bem brasileiramente desanimei, lembrando que seria inútil uma lavada exemplar. Não serviria de exemplo nem de lição a ninguém. Ao menos meu amigo uruguaio foi generoso comigo, não teve o menor gesto de piedade. Comentava navalhantemente:

— Era natural que vocês perdessem... Os brasileiros "almejaram" vencer, mas os argentinos "quiseram" vencer, e uma coisa é almejar, outra é querer. Vocês... é um eterno iludir-se sem fazer o menor gesto para ao menos se aproximar da ilusão. Sim, os argentinos escalaram o quadro e este se preparou para o jogo; mas o que a gente percebe é que, na verdade, há trinta anos que os argentinos vêm se preparando para o jogo de hoje. A força verdadeira de um povo é converter cada uma das suas iniciativas ou tendências em norma quotidiana de viver. Vocês?... nem isso...

Os argentinos, desculpe lhe dizer com franqueza, mas os argentinos são tradicionais.

Eu é que já estava longe, me refugiado na arte. Que coisa lindíssima, que bailado mirífico um jogo de futebol! Asiaticamente, cheguei até a desejar que os beija flores sempre continuassem assim como estavam naquele campo, desorganizados mas brilhantíssimos, para que pudessem eternamente se repetir, pra gozo dos meus olhos, aqueles hugoanos contrastes. Era Minerva dando palmada num Dionísio adolescente e já completamente embriagado.

Mas que razões admiráveis Dionísio inventava pra justificar sua bebedice, ninguém pode imaginar! Que saltos, que corridas elásticas! Havia umas rasteiras sutis, uns jeitos sambísticos de enganar, tantas esperanças davam aqueles volteios rapidíssimos, uma coisa radiosa, pânica, cheia das mais sublimes promessas! E até o fim, não parou um segundo de prometer... Minerva porém ia chegando com jeito, com uma segurança infalível, baça, vulgar, sem oratória nem lirismo, e juque! fazia gol.

Fantasias de um poeta

Leitor, ouve este conselho: se jamais fizeste fotomontagens, nunca te metas neste processo novo de criação lírica. Ou de brincadeiras, se quiseres. É tão empolgante, que em pouco tempo vira vício mais pegajoso que outro qualquer, perderás tempo e dinheiro, brigarás com a esposa, discutirás com os filhos, etc. Pior que futebol ou religião. É a coisa mais apaixonante do século.

A fotomontagem parece brincadeira, a princípio. Consiste apenas na gente se munir de um bom número de revistas e livros com fotografias, recortar figuras, e reorganizá-las numa composição nova, que a gente fotografa ou manda fotografar. A princípio as criações nascem bisonhas, mecânicas e mal-inventadas. Mas aos poucos o espírito começa a trabalhar com maior facilidade, a imaginação criadora apanha com rapidez, na coleção das fotografias recortadas, os documentos capazes de se coordenar num todo fantástico e sugestivo. Os problemas técnicos da luminosidade são facilmente resolvidos, e, com imensa felicidade, percebemos que, em vez de uma pura brincadeira de

Passatempo, estamos diante de uma verdadeira arte, de um meio novo de expressão!

Porque esta é a realidade mais inesperada e fecunda: a fotomontagem é um processo de expressão lírica. As nossas tendências mais recônditas, nossos instintos e desejos recalcados, nossos ideais, nossa cultura, tudo se revela nas fotomontagens. E é mesmo natural que seja assim. Dentro de uma centena de imagens recortadas, que estejam à nossa disposição, dois temperamentos diversos fatalmente escolherão as imagens que lhes são mais gratas, descobrirão combinações diferentes, movidos pelas suas verdades e instintos. E assim, os principais criadores de fotomontagens se distinguem facilmente; as suas personalidades divergem e se tornam tão características como as de um poeta ou de um pintor. Entre um criador de monstros inimagináveis como Salvador Dali e um sereno e construtivo Jean Hugo, a distância psicológica é muito grande.

Esta página apresenta algumas fotomontagens do poeta Jorge de Lima. Talvez não seja grande elogio afirmar que o poeta da "Negra Fulô" é o maior criador de fotomontagens que temos no Brasil. Porque estes ainda são tão poucos que não é grande mérito ser o maior deles. Mas a meu ver, Jorge de Lima, que há muito tempo se dedica à fotomontagem, já chegou a tal habilidade técnica e possibilidades expressivas, que pode sofrer perfeitamente comparação com outros artistas célebres, que as revistas estrangeiras nos mostram.

As composições fotográficas que apresento nesta página me parecem admiráveis. O temperamento místico e profundamente compassivo do poeta está perfeitamente expresso na mais simples destas fotomontagens, a religiosa. Realmente nada mais sugestivo e impressionante que na aridez trágica desses morros pedrentos, a aparição assombrada, o grito prodigiosamente sofredor do Crucificado. Não se sabe se Ele vai surgindo em seu martírio ou se vai desaparecendo da terra, como se desaparecesse da memória dos homens... Mas não quero estar fazendo sonhos e imaginações por mim. Deixo ao leitor que contemple essa criação tão dramática, a liberdade de imaginar por si mesmo.

A fotomontagem da mulher dormindo é uma das invenções mais encantadoras de Jorge de Lima. Porém, dentre as composições aqui reveladas, a que me parece mais perfeita é a da piscina. Nesta, não apenas a força inventiva do poeta é notável, pela concatenação e o inesperado dos elementos, e o lindo (desculpem...) e moderníssimo monstro do primeiro plano, mas o conjunto assume um valor artístico muito bem conseguido como distribuição da luz. Porque a fotomontagem não deve ser apenas uma variedade de poesia sobre-realista, que, por princípio mesmo, não se sujeita a nenhum controle estético; é uma arte da luz, como a fotografia, o cinema e a pirotécnica. E realmente nesta fotomontagem a tonalidade geral tão macia da composição, os ritmos criados pelos jatos luminosos são tão serenos e equilibrados, que é uma verdadeira delícia contemplar essa fotografia.

A fotomontagem é uma espécie de introdução à arte moderna. Ainda há muita gente que não sabe olhar um quadro de Picasso ou um desenho aguarelado de Flávio de Carvalho. Mas toda pessoa que se mete a fazer fotomontagens, em pouco tempo fica perfeitamente habilitada a entender certas doutrinas artísticas da atualidade e a distinguir o que há de valor técnico em um quadro cubista e o que há de sugestividade psicológica e sonhadora no Sobre-realismo. Neste sentido, é bem possível que a moda atual da fotomontagem, que está se espalhando com quase tanta rapidez como a das palavras cruzadas, ainda venha a ser uma força de importância para a cultura artística da atualidade.

Conheça a Tacet Books

Somos uma editora independente que cria obras interessantes e inéditas, a partir de conteúdo em domínio público, nos idiomas inglês, espanhol e português.

Nosso website: www.tacetbooks.com

Este livro foi composto em Libre Baskerville e impresso no Brasil por UmLivro, para a Editora Tacet Books.

Crítico à ditadura varguista, Mário de Andrade sofreu perseguições em vida e tentativa de apagamento do seu legado após sua morte, em 1945. Somente com o fim da era Vargas é que Mário de Andrade passou a ser amplamente celebrado como um herói cultural do Brasil. Em 2019, Chico Buarque foi contemplado com o Prêmio Camões. Porém, o artista era crítico ao governo vigente e o então presidente do Brasil recusou-se a permitir a homenagem. Com a eleição de um novo governo, Chico Buarque finalmente pôde receber o prêmio em abril de 2023, após quatro anos de espera.

São Paulo-SP. Abril, 2023.

www.ingramcontent.com/pod-product-compliance
Ingram Content Group UK Ltd.
Pitfield, Milton Keynes, MK11 3LW, UK
UKHW021938190726
13853UKWH00004B/1527

9 786589 575528